Gaëtan Gladu

Un Trésor inattendu

Éditions de la Paix

Gouvernement du Québec

Programme de crédit d'impôt pour l'édition de livres

Gestion SODEC

Nous remercions le Conseil des Arts du Canada de l'aide accordée à notre programme de publication.

Nous reconnaissons l'aide financière du gouvernement du Canada par l'entremise du Programme d'aide au développement de l'industrie de l'édition (PADIÉ) pour nos activités d'édition.

Gaëtan Gladu

Un Trésor inattendu

Illustration Serge Lacroix

Collection Dès 9 ans, no 41

Éditions de la Paix

pour la beauté des mots et des différences

Dépôt légal 4e trimestre 2004
Bibliothèque nationale du Québec
Bibliothèque nationale du Canada

Imprimé au Canada

Illustration Serge Lacroix
Graphisme Guadalupe Trejo
Révision Jacques Archambault

Éditions de la Paix
127, rue Lussier
Saint-Alphonse-de-Granby
Québec J0E 2A0
Téléphone et télécopieur (450) 375-4765
Courriel info@editpaix.qc.ca
Site WEB http://www.editpaix.qc.ca

Données de catalogage avant publication (Canada)

Gladu, Gaëtan

Un trésor inattendu

(Collection Dès 9 ans ; no 41)

Comprend un index

ISBN 2-89599-001-8

I. Lacroix, Serge. II. Titre.

III. Collection: Dès 9 ans ; 41.

PS8613.L32T73 2004 jC843'.6 C2004-941132-2

À Benjamin,

Émilie

et Raphaël

qui m'ont inspiré cette aventure.

Chapitre premier

LE MESSAGE

Les soirées du mois de septembre commençaient à se rafraîchir. N'empêche que Benjamin, aussitôt ses devoirs terminés et son repas avalé, se précipita à l'extérieur en attachant négligemment son coupe-vent. Sa mère avait à peine eu le temps de lui lancer :

— Ne rentre pas trop tard ! Tu as de l'école demain, Benjamin.

Mais il avait bien d'autres chats à fouetter à cette heure. Il courut à toute allure jusque chez son ami et deuxième voisin, Raphaël. Il se faufila par la petite ouverture laissée entre deux thuyas de la haie qui encerclait la cour arrière de la demeure et atteignit le pied de l'arbre, au fond de la cour. Il monta le plus rapidement possible l'échelle de cordage qui le mena dans la cabane de bois délavé, où la réunion avait lieu.

— Excusez-moi, les gars ! Ma mère ne voulait pas me laisser partir avant que j'aie fini de manger.

— D'accord, c'est pas grave, lui lança Raphaël. De toute façon, on n'avait pas encore commencé.

— Benjamin jeta un rapide coup d'œil aux « invités », pour connaître ses complices. Ce n'était pas facile d'y voir quelque chose. Le soir se faisait déjà sombre. Il y avait là, en plus de Raphaël, la petite Amélie. Seulement Amélie ! Rien qu'Amélie !

— Qu'est-ce qu'elle fait ici, elle ? On avait dit : pas de filles !

— C'est ma sœur ! Alors, pas question de la mettre de côté. Elle pourra nous être très utile pour obtenir des renseignements. Elle sait comment s'y prendre pour faire parler les gens.

— Ouais..., lança un Benjamin sceptique.

— D'accord. Alors ? Qu'est-ce que tu as trouvé de si important que ça, qui nécessite une réunion secrète ?

Raphaël fut bien obligé d'ajouter que ce n'était pas vraiment lui qui avait trouvé le message secret.

— C'est plutôt elle qui l'a trouvé, sous la dalle, devant l'école, précisa-t-il.

— Oui, c'est moi ! C'est aussi grâce à moi qu'il a décidé de lancer cette enquête, renchérit Amélie.

— Ah bon ! Ne m'avais-tu pas dit que c'était toi qui l'avais découvert ? Heureusement que tu as une sœur, hein ? ironisa Benjamin à l'endroit de son ami.

Puis, s'adressant à Amélie :

— Pas un mot, hein ? Ce sera notre secret ! À nous trois. Sauf si tu en as parlé à d'autres, toi ? adressa-t-il à Raphaël sur un ton sévère.

— Non ! À personne d'autre. Il n'y a que nous trois dans le coup.

— D'accord. Alors ? Qu'est-ce que tu as trouvé de si important que ça, qui nécessite une réunion secrète ?

— C'est moi qui l'ai trouvé ! s'empressa d'ajouter Amélie. Tu vois, Benjamin, déjà, sans moi, vous ne seriez pas rendus loin !

Le commentaire d'Amélie avait réussi à convaincre Benjamin de la pertinence de sa présence dans le groupe. Elle demanda aux garçons de faire silence un moment, afin de s'assurer que personne ne s'approchait de la cabane. On avait, bien entendu, remonté l'échelle de cordage vers l'intérieur, mais des oreilles poussaient souvent dans la haie ou même sur le toit voisin.

Le petit Boutin d'à côté, par exemple, s'en faisait un sport. Il se promenait sur le toit de la maison en sortant par la fenêtre de sa chambre. Ce n'était pas très compliqué pour lui, puisque sa fenêtre, dans le pignon en pointe, donnait sur le toit plat du solarium, à l'arrière de la maison. Le gros arbre où le père de Raphaël avait construit leur cabane poussait contre la haie du voisin. C'est ainsi que Martin Boutin s'était souvent amusé à espionner Benjamin et Raphaël lors de leurs réunions. Ils s'en méfiaient, car ils le croyaient capable d'aller tout raconter à tout le monde. Ils ne lui parlaient donc plus. Martin boudait et maugréait contre eux qui ne voulaient jamais le faire participer à leurs jeux.

— Attends !

Raphaël risqua un œil par une échancrure entre les planches qui permettait de voir le toit de la maison des Boutin.

— Non ! Personne ! Il n'est pas là ! C'est parfait. La réunion commence ! ordonna-t-il sur un ton grave.

— On n'allume pas la chandelle non plus. Comme ça, personne ne saura qu'on est ici.

— Il se leva, solennellement, alla se placer dans le coin arrière gauche de la cabane et dit :

— Tous, ici, allons jurer de ne jamais révéler à qui que ce soit et pour quelque raison que ce soit, notre plan de travail. Chacun à votre tour, vous allez vous lever et jurer.

Impressionnés par le ton de sa voix et l'importance du moment, Benjamin et

Amélie firent un signe affirmatif de la tête. Benjamin serra même le poing en faisant un geste de l'avant vers l'arrière avec son avant-bras droit, en lançant un discret, *yes !* Les deux restèrent assis sans bouger, attendant la suite, curieux, en silence.

— Allez ! Dites quelque chose, bout de ficelle ! Vous êtes supposés jurer maintenant !

La semonce de Raphaël réveilla les esprits endormis. Amélie se leva la première et dit :

— Je le ju, le ju, je le jure ! Ouf !

Et elle se rassit, troublée, comme si elle venait de joindre une secte secrète, diabolique et malfaisante.

— Moi aussi ! ajouta Benjamin, nerveux.

— Non, Benjamin ! Il faut que tu dises que tu le jures, toi aussi. Pas juste un petit

« moi aussi » insignifiant ! commenta Raphaël, impatient.

— D'accord ! Je le jure, alors.

— Bon ! On s'assoit en cercle, au centre de la cabane afin d'être certains que ce que nous dirons ne sorte pas d'ici.

— Pourquoi ça ?

Devant le regard découragé des deux autres, Benjamin comprit l'inutilité de sa question, mais un peu trop tard.

— Toujours en retard de quelques secondes, toi, hein ? lui adressa Amélie.

— Silence ! trancha Raphaël. Amélie, montre-nous ta découverte.

— Amélie déboutonna sa veste de laine, ouvrit sa chemise fleurie et sortit un bout de papier de sa camisole. Elle tendit ce manuscrit à Raphaël.

— Voilà le secret.

Raphaël baissa encore le ton, de sorte que les trois amis durent se rapprocher davantage pour bien l'entendre.

— Ce papier, trouvé sous la petite dalle de l'entrée de l'école - tu sais, celle qui bascule lorsqu'on y marche ? -, nous indique la cachette de quelque chose d'important.

— Un trésor ? suggéra, tout fier, Benjamin.

— Ce n'est pas certain, lui répondit Amélie.

— Tout ce qu'on sait, c'est que ça doit être quelque chose d'important puisque le texte est codé.

— Codé ? Comment ça, codé ? demanda Benjamin.

— Regarde toi-même, ajouta Raphaël en lui tendant le papier.

— Je ne peux pas lire, il fait trop noir, ici. Où est la chandelle ? S'il faut lire quelque chose, il faut l'allumer.

On décida donc d'allumer la chandelle placée sur une tablette, au mur, accompagnée d'une boîte d'allumettes. Seul Raphaël, le plus âgé des trois, avait le droit de le faire, à cause du danger que représente une flamme nue dans une cabane en vieux bois. On avait banni l'usage de la lampe de poche, trop froide et moins mystérieuse que la chandelle. Il prit bien soin de placer cette dernière dans la vieille assiette de porcelaine prévue à cet effet et de la coller bien droite avec de la cire chaude qu'il fit dégouliner au centre.

— Lis ! ordonna-t-il ensuite à Benjamin.

Voici le texte qu'il avait sous les yeux :

Benjamin lut. Il plissa les yeux, relut et releva la tête pour jeter un regard ébahi aux autres avant de lancer :

Sous la fleur préférée
de Mylène, le cadavre
est enterré avec tout
mon avoir.

— C'est quoi, ça ? Ça ne veut rien dire. C'est illisible !

— Tu crois ? dit Amélie. Laisse-moi faire, je vais te montrer comment il faut le lire.

Elle prit le manuscrit et commença à réciter :

— Sous la fleur préférée de Mylène, le cadavre est enterré, avec tout mon avoir.

— Hein ? Mais comment fais-tu pour lire ça ? demanda Benjamin, incrédule.

— C'est écrit à l'envers ! Lis de la droite vers la gauche ! Ou alors place, le texte devant un miroir et lis, dans le reflet, le texte à l'endroit.

— En effet ! constata Benjamin. Mais comment as-tu mis la main là-dessus ?

— C'est Boutin le finfin, à l'école, qui m'a dit un jour qu'il devait bien y avoir quelque chose de coincé sous la dalle qui ballotte. Son père est maçon, il doit donc savoir ce qu'il dit. C'est son métier de poser des pierres, des briques et des dalles de ciment. Si elle n'était pas stable, c'est que quelque chose la soulevait probablement d'un seul côté. J'ai voulu savoir ce que c'était. Je suis retournée à l'école, lundi soir dernier, et j'ai soulevé la pierre. J'y ai trouvé une petite boîte en métal. Elle contenait ce texte.

— Ouais, ça alors ! dit Benjamin tout étonné.

— On va rechercher le « cadavre ». Le message dit qu'il y a « tout son avoir » de caché. C'est peut-être, et même probablement, un bon montant d'argent. Ça sent le trésor, non ? commenta Raphaël, énervé.

— Ouais, constata Benjamin, ravi. Par quoi commence-t-on, alors ?

— Moi, je pense qu'il faudrait d'abord trouver qui est cette Mylène, suggéra Amélie.

— Bonne idée. Mais si on découvre le trésor, on en partage également les richesses ?

— Bien entendu, répondit Raphaël.

— C'est sûr, confirma Amélie. Pourvu qu'on ne trouve pas de vrai cadavre ! J'aime moins ça, moi, les cadavres.

— Un cadavre ! Ça ne devrait plus être rien qu'un paquet d'os, non ? Et ça ne mord pas ! Faisons le serment de ne pas changer d'idée et de partager nos richesses lorsque nous aurons découvert le trésor. Parce qu'on va le trouver ! Je vous le jure, promit Benjamin.

— Je le jure, enchaîna Amélie.

— Je le jure aussi, ajouta Raphaël. Voici mon plan pour le week-end qui vient, chacun de son côté, on va demander à tous ceux qu'on connaît s'il y a une Mylène dans son entourage. À nous trois, ça ne devrait pas être très long avant d'en trouver au moins une !

— Et si on nous demande pourquoi on cherche une Mylène ? Qu'est-ce qu'on répond ? demanda Benjamin.

— C'est vrai, ça ! Qu'est-ce qu'on dit ? ajouta Amélie.

— On dit qu'on recherche une amie qui est déménagée dans le quartier, mais dont on ignore l'emplacement. Qu'on aimerait bien la retrouver... ou quelque chose du genre, quoi.

— Ouais ! Ça a de l'allure ! conclurent les deux autres.

— C'est donc notre mission pour cette semaine. Pas un mot à qui que ce soit ! Souvenez-vous que vous avez juré ! leur rappela Raphaël.

— Ouais.

— Promis.

— Je vous contacterai par message secret afin de vous indiquer la progression de notre enquête. De la même façon, vous serez avisés du jour et de l'heure de notre prochaine réunion secrète. Salut. Pas un mot ! conclut Raphaël.

C'est ainsi que la réunion se termina. On vérifia si Boutin le finfin ne surveillait pas la cabane du haut de son toit avant de redescendre lentement, un à un, en silence. Chacun retourna chez lui songeur, mais fasciné.

Benjamin cherchait déjà des façons de connaître le nom des gens de son quartier, alors qu'Amélie savait, elle, comment tout apprendre au sujet de ses voisins. Raphaël, qui avait une tête d'ange à qui nul ne pouvait rien refuser, comptait bien utiliser son charme pour arriver à ses fins. Le sommeil de nos trois compères fut léger, cette nuit-là. Des images de trésor, de cadavre, de terre ou de fleurs tournoyaient dans leur tête. Une nervosité mêlée à une certaine crainte les empêchait de bien dormir et leur donnait la *pitourne* : tourne d'un côté, puis tourne de l'autre, toute la nuit, dans leur lit respectif.

Spectrobes

nihtendogs

Chapitre 2

LES MYLÈNE

La journée du lendemain, à l'école, fut longue. Interminable même, tellement Benjamin avait hâte au week-end, car nous étions jeudi. Toute la journée, il rôda comme un voleur autour de ses compagnons de classe avec cette seule question à la bouche, qui commençait à en agacer plus d'un : « T'as pas une sœur qui s'appelle Mylène, toi, par hasard ? » Il l'avait posée à presque tous ceux et celles qu'il connaissait à l'école. Personne n'avait de sœur prénommée Mylène. Il avait trouvé une Jocelyne, une Nadine, et même une Évangéline qui habitait le Nouveau-Brunswick ! Sans se décourager, il se promit de poursuivre son enquête aussitôt rentré à la maison, en fin de journée, alors que le hasard fit en sorte qu'une Mylène vint à lui ! Oui, oui ! Un élève de première année qui avait entendu dire qu'il en cherchait une. Elle vint le trouver dans la cour de l'école, à la récréation, pour lui annoncer que leur enseignante d'arts plastiques s'appelait Mylène.

— Elle est très gentille. Je l'aime bien, moi.

— Ah oui ? Et où est sa classe ?

— Tu sais, dans le corridor qui mène à la cafétéria ? C'est la porte qui est peinte d'un arc-en-ciel de toutes les couleurs !

— Oui, oui, je sais. Je me demandais pourquoi elle était peinte ainsi, d'ailleurs…

— C'est nous qui l'avons décorée. Elle est belle, hein ?

— Ouais, ajouta Benjamin, sans grande conviction. Et vous avez un cours présentement ?

— Non ! Seulement cet après-midi. C'est à 14 h, notre cours d'arts plastiques. Madame Brochu vient juste une fois par semaine à notre école.

— J'aimerais tellement ça, moi, faire de l'art en plastique. Je vais aller la voir. Merci du renseignement, bonhomme !

Benjamin s'élança dans le corridor et atteignit la porte arc-en-ciel en moins de rien. Il frappa.

— M'ouiii ? entendit-il de l'autre côté de la porte... Une sorte de « oui » perdu dans le fond d'une gorge.

— Entre !

Il fut surpris par l'apparence de celle qu'il découvrit dans la classe d'arts plastiques. Madame Mylène Brochu était juchée sur un escabeau, s'affairant à installer un réflecteur au plafond, du type de ceux qu'on voit au théâtre. Comme dans la fable de monsieur de La Fontaine, *Le*

Corbeau et le Renard, elle était haut perchée, elle tenait en son bec un fromage et elle était toute vêtue de noir. Elle portait une longue et large robe ceinturée d'un châle mauve et laissait voir, par sa position, la largeur de ses mollets blancs au dessus de ses pieds nus crispés sur des sandales brunes pour mieux les retenir. Un bandeau sur son front retenait sa chevelure rousse ébouriffée, de nombreux colliers ballottaient sur sa poitrine et des tas de bracelets entouraient ses poignets. Benjamin pensa tout de suite à une photo de sa tante Ginette qui le faisait bien rire, et qui avait été prise à un concert rock dans les années 1970, d'après ce qu'on lui avait dit. Il n'esquissa cependant qu'un sourire poli.

— Bonjour, Madame. Excusez-moi, mais êtes-vous Mylène ?

— Mouii, mouiii…

Elle avala son morceau de fromage d'un seul coup.

— Attends ! Je redescends.

Madame Brochu manqua la dernière marche de l'escabeau, en redescendant, et s'étala de tout son long, sur le dos, aux pieds de Benjamin.

— Ouille ! Aide-moi à me relever. Prends ma main et tire fort.

Madame Brochu était plutôt forte de taille. Se relever n'était donc pas si simple qu'il y paraissait. Benjamin lui tendit la main et tira de toutes ses forces. Madame Brochu suait à grosses gouttes, exerçant une forte pression sur le bras de Benjamin. Elle finit par s'agenouiller et à enfin se relever en s'accrochant, de sa main libre, à une marche de l'escabeau.

— Merci, mon ami. Tu m'as sauvée. Mais... Je ne te connais pas, toi ? Qui es-tu ? Qu'est-ce que tu fais ici ?

— Je suis Benjamin. J'ai su que vous donniez des cours d'art en plastique. J'aimerais tellement découvrir ce que c'est.

Me prendriez-vous comme élève ? Seulement pour une fois ! Le temps d'apprendre ce que c'est cet art-là !

— Écoute, je ne sais pas... Tu n'es pas en première, ni en deuxième, je pense ?

— Non, je suis en sixième !

— Parce que mon cours, il est fait pour les plus petits !

— Oui, mais seulement pour que je sache ce que c'est ! Vous ne pourriez pas faire un effort ? Pour moi ?

Madame Brochu tira un autre morceau de fromage de sa boîte à lunch et y mordit à belles dents afin de mieux réfléchir. Elle croqua ensuite dans un bâtonnet de céleri, puis de carotte.

— Mouiiii... Je pourrais peut-être. Après tout, j'ai toujours dit qu'il fallait permettre au talent d'éclore, là où il se trouve.

— J'ai tellement entendu parler de vous dans l'école ! Les élèves ne parlent que de votre cours, partout, tout le temps, mentit Benjamin, avec une parfaite touche de véracité.

Il avait très bien retenu les leçons de la fable de monsieur de La Fontaine. Il en appliquait les principes avec brio, flatter pour arriver à ses fins.

— Ah oui ? demanda madame Brochu, ravie.

— Oui ! C'est pour ça que je me suis dit que je devais venir vous voir. Je voudrais découvrir ce que c'est. Il y a peut être un artiste en moi. Qui n'attend que vous pour s'éveiller.

Benjamin venait de toucher une corde sensible chez Mylène Brochu. Elle n'y résista pas.

— Comment t'appelles-tu encore, charmant enfant ? Je sens déjà que tu as du talent. Tu es un artiste dans l'âme. Tu mens avec un tel ravissement !

— Je m'appelle Benjamin, Madame, répéta-t-il, surpris d'être si vite découvert.

— Alors, mon cher petit Benjamin, je crois pouvoir arranger les choses. Cet après-midi, j'ai une classe avec les deuxièmes années. Je crois que tu pourrais venir. Je pourrais t'utiliser comme modèle. Oui, c'est ça, comme modèle ! C'est pour cela que je plaçais ce réflecteur au plafond. Ça te permettra de voir ce qu'est l'art plastique. Ça te va ?

— Mais oui, Madame ! Merci, Madame. Je vais y être sans faute. À tantôt.

Benjamin sortit de la classe l'âme joyeuse, tout heureux de pouvoir s'approcher de cette Mylène. D'autant plus heureux qu'il était le seul des trois à l'avoir découverte, car il n'avait pas vu Raphaël ni Amélie dans les parages. Il pensait déjà à lui suggérer de l'aider à ranger ses choses après le cours. Ce faisant, il trouverait certainement le moyen de savoir où elle habitait, et quelles fleurs elle aimait. Sa recherche allait très bien.

L'heure du cours arriva enfin. Benjamin sécha son cours de gymnastique et se retrouva dans la classe de madame Brochu, avec une dizaine de jeunes de deuxième année. Dès que chacun fut assis à sa table de travail, madame Brochu s'avança devant la classe et dit :

— Mes amis, j'ai une belle surprise pour vous, aujourd'hui ! Je vous ai trouvé un modèle. Le voici, il s'appelle Benjamin. Vous allez faire, pour la première fois de votre vie, du dessin à partir de ce qu'on appelle un modèle vivant !

— Il faut qu'on le dessine, lui ? demanda une élève curieuse et paniquée.

— Oui, oui, répondit madame Brochu. Il ne s'agit pas de faire quelque chose de ressemblant, mais vous verrez combien c'est difficile de dessiner quelqu'un. Ce sera un excellent exercice pour vous. Ensuite, je vous ferai voir des photos de peintres célèbres qui ont aussi dessiné des personnes. Vous serez alors en mesure de mieux comprendre toute la qualité de ce genre de tableau.

— Bon, d'accord ! dit l'élève.

Madame Brochu s'approcha alors de Benjamin. Elle le prit par le bras et l'amena sur la petite plate forme placée à l'avant de la classe, sous le réflecteur. Elle lui dit :

— Benjamin, tu vas maintenant prendre une pose.

— Prendre une pose ? Qu'est-ce que vous voulez dire ?

— Tu vas faire un geste que tu immobiliseras et que tu conserveras sans bouger pendant que les élèves de la classe te dessineront.

— Quoi ?

— Oui, oui. C'est ce qu'on appelle un modèle vivant. Tu vois, le réflecteur que j'installais ce matin, c'est pour t'éclairer. Ainsi, les élèves pourront mettre à profit ce qu'ils ont appris lors du dernier cours : le jeu de l'ombre et de la lumière. Alors, vas-y, Benjamin. Prends une pose.

— Ne sachant trop que faire, Benjamin étendit un bras, mit un genou au sol et plaqua son autre main sur son cœur. Un grand *wow !* étonné monta de la classe.

— Oui, je sais, enchaîna madame Brochu, ce n'est pas une pose simple, mais essayez tout de même de le dessiner. Allez-y ! C'est parti !

Elle appuya sur le commutateur d'une rallonge électrique et le réflecteur du plafond s'alluma, éclaboussant de lumière crue et chaude la pose de Benjamin.

Le cours dura quarante longues minutes pendant lesquelles Benjamin eut l'impression d'être un animal de jardin zoologique. Les élèves riaient en le dessinant. Ils lui lançaient des : « bouge pas ! », des « t'es trop grand ! », et des « il n'est pas dessinable ! » qui le blessaient par autant de coups dans son orgueil.

La chaleur de la lumière qui l'éclairait le faisait suer à grosses gouttes. Le genou qu'il avait mis par terre lui faisait terriblement mal. Il alternait donc souvent ses genoux à cause de la douleur. Le bras qu'il avait tendu lui causait des crampes et il devait le baisser régulièrement afin de pouvoir maintenir la pose. Il souffrait un martyre, se sentait ridicule et humilié. « C'était donc ça, les arts en plastique ? » pensa-t-il. Il se jura de ne plus jamais recommencer l'expérience et regrettait amèrement que sa recherche ait pris ce biais dès le départ. Le métier d'enquêteur n'était pas de tout repos, il s'en rendait bien compte, mais un peu trop tard, encore une fois.

À la fin du cours, Benjamin, épuisé et meurtri, aussi bien dans son orgueil que dans son corps, refusa de regarder les dessins des élèves, tellement ceux qu'il avait aperçus de loin lui semblaient horribles. Il ne pouvait se faire à l'idée qu'on le percevait ainsi. Sur certaines feuilles, il avait vu une tête de monstre, sur d'autres, des jambes et un bras qui n'en finissaient plus, et sur la feuille d'une élève placée juste en face de lui, il avait remarqué un gros cœur à la place de sa tête ! Pas un seul dessin où il ressemblait à un être humain ! Ce fut sa première et sa dernière classe d'arts plastiques.

Sitôt le cours terminé, conscient de l'enquête qu'il devait mener, il interrogea :

— Est-ce que je peux vous aider à ramasser, madame Brochu ?

— Oh ! Tu serais gentil, Benjamin. Surtout que depuis ma chute de ce matin, mon dos me fait un peu souffrir, dit-elle, en croquant un morceau de fromage qu'elle tenait de la main droite et en prenant une bouchée de la pomme qu'elle tenait de la gauche.

— Ça m'a fait plaisir, ajouta Benjamin, menteur. Si vous voulez, je peux aussi vous aider à ramener tout cela chez vous. Vous demeurez près d'ici ?

— Non. J'habite de l'autre côté de la ville, près des terres agricoles. Ce n'est pas très loin, mais j'habite au troisième étage. Tu serais gentil de m'aider à monter tout ce matériel là-haut. Aujourd'hui, je vais trouver cela un peu difficile, à cause de mon dos.

— Je vais vous aider. Ne vous en faites pas.

Benjamin aida madame Brochu à ranger son matériel dans le coffre de sa voiture. Sa classe terminée, elle devait toujours tout rapporter chez elle, car elle visitait une école différente chaque jour.

— Merci, Benjamin. Allons-y maintenant.

Madame Brochu conduisit quelques minutes et atteignit bientôt la maison où elle habitait.

— Voilà ! C'est ici. Nous sommes arrivés.

— Vous habitez ici ? demanda un Benjamin tout étonné de constater que madame Brochu s'était arrêtée devant un condominium à plusieurs étages.

— Oui, mon petit. Au troisième ! Pas d'ascenseur ! Alors, tu comprends qu'aujourd'hui, j'apprécie davantage ton aide !

— Mais, est-ce que ça signifie que vous n'avez pas de jardin ?

— Hein ? Non ! Nous avons un magnifique jardin à l'arrière. Avec un bassin d'eau, en plus ! C'est vraiment ravissant. Tu verras.

Benjamin aida donc à retirer de la voiture les coffres de crayons, les tablettes à dessin, les chevalets et les cartables de madame Brochu et à les monter pour elle au troisième étage. Une fois arrivé, il constata en effet qu'en bas, dans la cour arrière, s'étendait un magnifique jardin très bien aménagé. Il y avait des fleurs partout ! C'est ce qui l'incita à sauter sur l'occasion et à poser LA question à madame Brochu :

— Vous aimez les fleurs ?

— Moi ? Pas du tout ! Mais alors là, pas du tout ! J'en suis tellement allergique, que je dois même prendre des comprimés d'antihistaminiques seulement pour sortir d'ici ! Le pollen de fleur peut me tuer, mon petit ! Alors, inutile de te dire que je ne supporte pas de voir une fleur de près ! Non, le jardin, je le contemple d'ici et ça me suffit. Pour ce qui est des fleurs, je me contente de les dessiner.

Là-dessus, madame Brochu entama une quinte de toux allergique. Elle se précipita dans la pharmacie de la salle de bain pour en revenir avec un flacon de comprimés. Elle se versa rapidement un verre d'eau et engloutit deux comprimés d'un seul coup.

— Ma foi du bon Dieu ! Seulement en parler me cause des allergies ! Tu vois à quel point, c'est grave !

Benjamin ne savait que répondre. Il restait là, debout dans la cuisine, chez madame Brochu, l'air complètement désabusé. Tous ces efforts pour rien ! Il avait subi l'humiliation de la classe de dessin, la douleur d'une pose trop longue et ennuyeuse, la flatterie inutile auprès de madame Brochu et le déménagement jusqu'ici. Tout ça en pure perte. Il n'y croyait pas. Ça ne se pouvait pas ! Une journée complètement perdue ! Allait-il s'en remettre ? Il en doutait toujours pendant que madame Brochu le ramenait chez lui en voiture.

* * *

Le lendemain, tous ses malheurs étaient oubliés. Il lui sembla néanmoins que la cloche prit une éternité avant de sonner la fin des classes de ce vendredi. En moins de temps qu'il n'en faut pour le dire, Benjamin était dehors et essayait doucement de faire basculer la dalle de pierre devant la porte de l'école. Elle ne basculait plus. Il se précipita à la maison et lança son sac d'école sur la table de cuisine sitôt rentré. Ce dernier glissa sur toute la longueur de la table pour aboutir par terre, de l'autre côté.

— Bien, dis donc ! Tu fais toute une entrée aujourd'hui, mon grand ! lui lança sa mère, surprise de son geste.

— Je n'ai pas le temps de manger ma collation ! Il faut que j'aille, heu..., jouer. Salut ! lui répondit-il, sans attendre de réponse.

Il s'élança dans la rue, entraîné par une vive nervosité, tout intentionné de trouver une autre Mylène dans le quartier. La bonne, cette fois ! Il eut une idée géniale : aller demander à monsieur Samson, le propriétaire du dépanneur du coin, s'il ne connaîtrait pas une Mylène, lui. Après tout, il voit défiler à son comptoir tous les enfants du quartier qui viennent lui acheter, les uns après les autres, de la sloche de toutes les couleurs. Ce serait facile, pour lui, de savoir s'il y a une Mylène dans le coin. Il se rendit donc à toute vitesse chez le dépanneur Samson, mais l'homme du même nom n'était pas là. C'est une jeune fille qui travaillait ce jour-là. Il se risqua tout de même :

— Bonjour. Je cherche une Mylène qui est déménagée dans le quartier, il y a peu de temps. Vous qui voyez beaucoup de monde, vous ne sauriez pas s'il y a une Mylène dans le coin ?

— Mon petit garçon, penses-tu que je demande le nom des clients, moi, quand ils viennent acheter quelque chose ? Non, mais tu es comique, toi !

— D'accord, ça va…

— C'est tout ce que tu veux ?

— Ouais. Merci tout de même.

Benjamin, déçu, sortit du dépanneur. Sa belle ferveur venait de recevoir un autre coup. Comment faire maintenant ? Où aller chercher ?

Pendant ce temps, Amélie aussi avait commencé son enquête. Dès son retour de l'école, elle avait mis sa plus belle robe, ce qui étonna grandement sa mère. D'ordinaire, elle devait longuement insister pour qu'elle en enfile une. Surtout pour aller jouer dehors, au retour de l'école. Vêtue de sa belle robe et de son manteau propre tout neuf, Amélie avait entrepris de sonner systématiquement à toutes les portes de sa rue afin de trouver quelqu'un qui aimait les fleurs. Elle sonnait, et lorsqu'on lui ouvrait, elle demandait de sa plus belle voix :

— Pardon, Madame (ou Monsieur, selon le cas), je cherche une petite fille qui s'appelle Mylène et qui adore les fleurs. Vous n'en connaîtriez pas dans le

quartier, par hasard ? C'est une amie que j'ai perdue de vue et que j'aimerais tellement retrouver. Je sais que sa mère est morte et je voudrais lui offrir mes sympathies.

Elle avait décidé d'ajouter ce détail à sa question afin d'attendrir le cœurs de ses interlocuteurs et de ne pas se faire refermer la porte au nez trop rapidement. Tous furent émus par son talent d'actrice, mais personne ne lui fournit la réponse espérée. C'est avec un air triste qu'elle rentrait à la maison lorsqu'elle rencontra, en tournant le coin de la rue, Boutin le finfin !

— Tu as l'air toute triste, Amélie, lui dit-il. Quelqu'un t'a fait de la peine ?

— Non. Ha ! Ha ! Laisse-moi seule, d'accord, toi ?

— Tu n'aimes pas que je te parle ?

— Non, je n'aime pas ! Va-t'en ! Je ne veux pas jouer avec toi.

— Tu n'as pas l'air de jouer bien fort, crois-moi !

— Ah ! Tu m'agaces ! Laisse-moi tranquille, je t'ai dit !

— Tu ne veux pas me dire ce que tu as ?

— Je n'ai rien ! hurla-t-elle, avant de tourner les talons pour traverser la rue en direction de chez elle.

— Tu as l'air bien bête pour quelqu'un qui n'a rien, il me semble, lui lança Boutin le finfin en lui emboîtant le pas.

— Ah ! Vas-tu me suivre comme ça jusque chez moi ? J'ai dit : lâche-moi !

— Pourquoi ne voulez-vous jamais jouer avec moi ? Toi, pas plus que les autres ! Vous me trouvez stupide ?

— Oui, on te trouve stupide ! Tu es content, maintenant ? Tu es stupide ! Allez, va-t'en, dois-je te le répéter ?

— Bon, mais si jamais je peux faire quelque chose pour que tu puisses me trouver moins stupide, tu me le dis, d'accord ? Ça me ferait plaisir tout de même.

Cette dernière phrase avait touché Amélie plus qu'elle ne voulait l'admettre. Boutin le finfin venait de lui démontrer qu'elle était méchante avec lui, mais qu'il ne lui en voulait pas. Il était même prêt à l'aider.

— Écoute, je ne peux rien te dire. Mais si jamais j'ai besoin de toi, je vais te le demander, d'accord ? Ça te va, ça ? lui dit-elle d'un ton amical, comme pour se faire pardonner sa méchanceté.

— Ouiii... C'est parfait ! Tu verras. Si tu me demandes quelque chose, quoi que ce soit, je vais tout faire pour t'aider. Tu ne le regretteras pas !

— D'accord. Mais maintenant, je dois rentrer, il commence à faire sombre. Salut.

Amélie fila tout droit vers chez elle pendant que Boutin le finfin traversa chez lui, tout fier de son approche. Il venait de percer l'armure de glace de sa voisine.

Benjamin, lui, était resté bien calmement chez lui en ce vendredi soir. Il avait essayé d'élaborer un plan infaillible pour trouver une autre Mylène, mais rien ne lui était vraiment venu. C'est pourquoi il avait décidé d'en faire part à sa mère. Peut-être pourrait-elle l'aider, sans qu'il ait à lui dévoiler la raison de sa recherche.

— Maman, j'ai quelque chose à te demander.

— Quoi donc, mon grand ?

— On fait un jeu à l'école : il faut trouver des gens qui portent un prénom précis. Certains ont des Gilles à trouver, pour d'autres, ce sont des Nicole, d'autres, des Arthur, et moi, je dois trouver des Mylène. Est-ce que tu pourrais m'aider ? En connais-tu, toi, des Mylène, pas loin ?

— Veux-tu me dire quel genre de jeu est-ce donc ? Ils vous demandent de faire ça, à l'école ? Les temps ont bien changé ! Je ne peux pas croire qu'il y ait une valeur pédagogique là-dedans. C'est à n'y rien comprendre !

— Ah ! Oublie cela, alors ! Je vais m'organiser tout seul.

— Des Mylène… Je pense que je n'en connais qu'une seule !

Les yeux de Benjamin s'éclairèrent. Son visage se transforma. Un large sourire s'y accrocha. Il sauta de sa chaise et sauta au cou de sa mère en lui disant :

— Je savais que tu m'aiderais. Tu es tellement gentille ! C'est qui, hein, que tu connais ?

— Oui, j'en connais une : Madame Boutin, à côté de chez Raphaël et Amélie… Son prénom, c'est Mylène. Ça t'en fait au moins une. Mais, à part elle, je n'en connais vraiment pas d'autres ! Non, je ne vois personne d'autre…

Le visage de Benjamin venait de perdre instantanément tout son éclat. Son sourire aussi, avait disparu. Madame Boutin, c'était la mère de Boutin le finfin ! Elle s'en trouvait, par le fait même, éliminée de la compétition. La joie de Benjamin fut donc de courte durée.

— Laisse faire, ajouta-t-il à l'endroit de sa mère. Je vais me débrouiller tout seul.

— Écoute, mon Benjamin, je suis désolée, mais je n'en connais pas d'autres. Ne fais pas cette tête d'enterrement ! Je demanderai à ton père, plus tard. Il en connaît peut-être, lui, des Mylène ?

— Ouais... D'accord. Ça va !

Mais Benjamin dissimulait mal sa déception. D'autant plus que son idée géniale lui aurait aussi servi à réduire au minimum l'effort à fournir pour sa recherche. Il aurait bien aimé tout trouver sans avoir à faire plus d'efforts. Il lui semblait que la tâche serait plus ardue qu'il ne l'avait souhaité. Les choses n'allaient vraiment pas comme il le voulait.

Quant à Raphaël, le petit ange aux yeux bleus, son travail était à peine entamé qu'il avait déjà trouvé deux Mylène ! La voisine, madame Boutin, et une caissière de l'épicerie. Pour ce qui est de madame Boutin, il la connaissait depuis longtemps, alors son travail avait été facile, mais pour l'autre, il avait pris toute la journée de vendredi, à l'école, à peaufiner son plan d'action.

Il n'avait qu'à se rendre à l'épicerie du coin, ou au supermarché, de l'autre côté de la rue principale. Toutes les caissières y portent une épinglette avec leur nom gravé. Il n'avait qu'à faire le tour, en faisant semblant de chercher sa mère, et à lire le nom épinglé sur le col de leur costume. Une seule caissière du supermarché s'appelait Mylène. C'est alors que son plan entrait en jeu afin de savoir quelles fleurs elle préférait.

— Pardon, Mademoiselle. Je vous trouve tellement belle... Je sais que je suis trop jeune pour vous, mais j'aimerais seulement savoir quelle est votre fleur préférée. Je voudrais vous en offrir une.

— Quoi ?

La jeune fille, riant, ne savait que répondre. Elle trouvait la scène plutôt amusante et ne voyait rien là d'inquiétant. C'est pourquoi elle ne se gêna pas pour lui lancer :

— Moi, ce sont les roses que j'aime le plus.

— Oh ! Les roses ? Un de ces jours, bientôt peut-être, je vous en offrirai.

Et Raphaël sortit, la tête haute, sous le regard amusé des clients et de la caissière.

Il avait donc trouvé deux Mylène. Sa récolte avait été très bonne. Il devait alors convoquer une réunion secrète le plus tôt possible, afin de savoir si les autres aussi avaient trouvé quelques noms. Aussitôt rentré à la maison, il se précipita dans la chambre de sa sœur, Amélie.

— Tu sais quoi, Amélie ? J'en ai trouvé deux ! lança-t-il à voix basse.

— Deux ?

— Chut ! Pas si fort…, ordonna- t-il à sa sœur. Et toi ?

— Zéro. Rien. Même pas une !

— Je vais aller écrire un message pour convoquer une réunion le plus vite possible. J'utiliserai le code secret du premier message. Les choses vont bien. J'espère que Benjamin en a trouvé aussi. Salut. Et chut ! Silence. Pas un mot.

Raphaël se précipita dans sa chambre, accrocha l'affiche « Ne déranger sous aucun prétexte » à la poignée extérieure de sa porte de chambre, qu'il barra à l'aide du fermoir qu'il y avait installé. Il rédigea ce qui suit à l'intention du groupe des trois

**Réunion
d'urgence
demain matin
neuf heures à la
cabane !**

Il en fit deux copies. Il sortit ensuite discrètement de sa chambre, en glissa une sous la porte de sa sœur et courut, à peine vêtu de son coupe-vent déboutonné, glisser l'autre derrière la moustiquaire de la fenêtre du sous-sol, là où était la chambre de Benjamin, à deux maisons de chez lui. C'était la boîte aux lettres convenue pour les communications urgentes. Benjamin vérifiait fréquemment sa fenêtre pour voir s'il n'y trouverait pas une lettre importante. Pas dans la boîte aux lettres de la maison, non, trop familiale et trop voyante. Pas sur Internet non plus. Il ne possédait pas d'adresse personnelle de courrier électronique et tous ses messages devaient être envoyés au nom de son père ! Non, dans sa fenêtre, plutôt ! C'est de cette manière que tous ses messages lui parvenaient directement et que s'annonçaient les amis venus lui rendre visite.

Chapitre 3

LA STRATÉGIE

Raphaël avait décidé de monter dans la cabane aussitôt levé et d'y attendre les deux autres. Et s'ils arrivaient plus tôt que prévu, eux aussi ? Il serait prêt ! Il ne tenait pas en place, tant il avait hâte de leur annoncer sa découverte importante. Il dévora ses céréales à grandes cuillerées et, sans plus attendre, se précipita dehors. Il grimpa vivement l'échelle de corde qui menait à sa cabane et pénétra d'un bond à l'intérieur. À sa grande surprise, il y trouva Boutin le finfin, assis au beau milieu !

— Martin Boutin ? Qu'est-ce que tu fais ici, toi ? Tu n'as pas le droit d'être ici. Ce n'est pas chez toi, ici !

— Je le sais, Raphaël, mais je me suis dit que vous ne manqueriez pas de venir ici, ce matin. Alors, je voulais vous rencontrer pour vous demander la raison pour laquelle vous ne voulez jamais jouer avec moi...

— Veux-tu que je te dise, moi, pourquoi tu nous énerves ?

— Ouais ! Pourquoi ? Je ne vous ai jamais rien fait, moi !

— Non, tu ne nous as jamais ridiculisés ni fait de mauvais coups, mais à l'école, tu nous énerves comme ce n'est pas possible !

— Comment ça ? Je vous énerve ? Je ne comprends pas.

— Tu sais toujours tout ! Dès que le professeur pose une question, qui est-ce qui a toujours la main levée, qui est-ce qui a toujours la réponse, qui est-ce qui sait toujours tout ? Hein ? C'est toi ! Boutin le finfin ! Tu nous énerves !

— Ce n'est pas ma faute, moi, si je sais les réponses. J'aime lire, apprendre, écrire, compter... Je ne le fais pas exprès. Je les sais, les réponses. Je ne vais pas jouer à l'imbécile seulement pour vous faire plaisir.

— Justement ! On jouerait plus souvent avec toi si tu étais un plus imbécile. Bon, ça suffit ! Déguerpis ! Redescends ! Je ne veux plus te voir ici. Nos jeux ne sont pas assez fins pour toi. On ne veut pas te voir dans le décor !

— Je serais capable, moi aussi, de créer des jeux amusants ! Je te le jure !

— Dehors !

— D'accord.

Martin s'apprêtait à redescendre lorsque les deux autres arrivèrent au bas de l'échelle. En les voyant, Raphaël leur lança :

— Avez-vous vu qui s'était caché dans notre cabane ?

— Je ne m'étais pas caché ! répliqua Martin.

— Descends ! ordonna à nouveau Raphaël.

— Ouais... Descends de là, Boutin le finfin ! rajouta Benjamin, d'en bas, en secouant l'échelle de corde.

— Si tu n'obéis pas tout de suite, je te secouerai tellement, quand tu vas descendre que tu vas atterrir plus vite que tu ne le penses !

— Benjamin ! insista Amélie. Ce ne sont pas des choses à faire ! Laisse-le descendre en paix.

— C'est ça ! Défends-le, toi ! rétorqua Benjamin.

Pendant ce temps, Martin avait atteint le sol en toute sécurité. Il n'avait surtout pas lambiné pendant sa descente, au cas où Benjamin aurait voulu mettre sa menace à exécution.

— Merci, Amélie ! Salut !

Martin la remerciait d'avoir ainsi pris sa défense. Il s'en retourna chez lui en traversant la haie de thuyas, la mine triste, mais jetant un regard reconnaissant à Amélie.

— Montez, vite ! Dépêchez-vous ! ordonna Raphaël, de la cabane.

Les deux autres montèrent aussi rapidement qu'ils le purent, tout énervés à l'idée de pouvoir partager leurs découvertes avec les autres. En deux temps, trois mouvements, tous occupaient la cabane. L'échelle avait été remontée et ils étaient assis en cercle, bien au centre. Benjamin s'était assuré que Boutin le finfin ne les écoutait pas du haut de son toit après l'avoir suivi des yeux. Il voulait être certain de le voir bel et bien retourner

chez lui. La voie était libre, tout était calme et secret. La réunion pouvait donc commencer.

— Bon ! Chacun à son tour, on dit ce qu'on a trouvé. On va commencer par Benjamin, ensuite Amélie et, finalement, ce sera mon tour, commanda Raphaël, en chef de bande autoritaire.

— Vas-y, Ben ! On t'écoute !

— Ce n'est pas compliqué. J'en ai trouvé deux ! La première, c'est la mère de Boutin le finfin ! avoua-t-il, l'air embarrassé. Mais l'autre, elle aurait pu être la bonne. Malheureusement, ce ne l'était pas. Elle n'aimait pas les fleurs.

— C'était qui ? demanda Raphaël.

— L'enseignante d'art en plastique de l'école.

Benjamin avait enchaîné rapidement sa phrase dans le but de ne pas avoir à expliquer comment il s'y était pris pour savoir tout ça. Une seule humiliation lui suffisait pour cette semaine. Il n'y a qu'Amélie qui ajouta simplement :

— Ah bon ! Je ne savais pas qu'elle s'appelait Mylène, la grosse ! Il paraît qu'elle mange tout le temps. En passant, Benjamin, on dit, arts plastiques ! Ce ne sont pas des arts EN plastique !

— Toi, ne viens pas faire ta Boutin ici !

— Assez ! Ça suffit vous deux ! grogna Raphaël, déçu de se faire enlever une de ses trouvailles, mais conservant tout de même un visage neutre, sans émotions. À toi, Amélie.

— Moi, c'est pire ! Je n'en ai pas trouvé une seule, avoua-t-elle, en prenant son petit air triste qu'elle savait si bien utiliser, à l'école, pour éviter une punition ou pour faire céder le professeur à une de ses demandes.

— Bon ! Elles ne vont pas très fort, vos enquêtes, à ce que je vois ! Moi, j'en ai trouvé deux ! Deux Mylène !

— DEUX ? s'écria Benjamin, incrédule !

— Chuuttttt ! Pas si fort, nono !

— Oh ! Pardon ! s'excusa Benjamin, comme dans un seul souffle.

— Oui, deux. Mais l'une d'elles a été aussi trouvée par Ben. C'est la mère de Boutin le finfin ! Je vous propose donc de l'éliminer tout de suite.

— Ouais. On l'élimine, approuva Benjamin.

— Pourquoi ? demanda Amélie. Et si c'est d'elle dont on parle dans le message ? Comment va-t-on le savoir, alors ?

— C'est bien simple ! ajouta Raphaël. On va d'abord s'occuper de l'autre, et si ce n'est pas celle-là, alors on reviendra sur la mère de Boutin.

— Mais qui est-ce, l'autre ? insista Amélie.

— C'est une caissière du supermarché, au coin de la rue.

Raphaël avait lancé cette phrase d'un ton supérieur, en relevant la tête, comme pour signifier la valeur de sa découverte parallèlement à la qualité et l'importance de son travail. Il était le chef de troupe, il le méritait bien et venait de le leur prouver.

— Wow ! Comment as-tu fait pour trouver son nom ?

— Super, mon frère ! Je suis fière de toi.

Amélie se leva et vint l'embrasser sur la joue.

— Hé ! Qu'est-ce que tu fais là ? Pas de ça dans ma cabane !

Raphaël avait le visage d'un rouge éclatant. Il fut complètement surpris par la réaction de sa sœur, mais surtout, se sentait terriblement gêné de se faire bécoter comme ça devant Benjamin, même seulement sur la joue !

— Tu es tout rouge, Raphaël ! commenta Benjamin, ce qui ne fit qu'ajouter de la rougeur aux joues du pauvre garçon.

— Ça va ! Taisez-vous. Il faut décider de ce qu'on va faire. Comment va-t-on savoir où elle habite ?

— Pourquoi faut-il savoir ça ? demanda Benjamin, naïvement.

— S'il faut aller déterrer ses fleurs, il serait important de savoir où elle habite, non ?

— Ah oui ! Bien sûr !

— Encore en retard, Ben, hein ? se moqua Amélie.

— Ça va faire, vous deux ! Avez-vous un plan ?

— On pourrait le lui demander, tout simplement, non ?

— Bien sûr ! Pour se faire dire que ce n'est pas de nos affaires. Non, il faut trouver autre chose.

— Moi, je crois que le meilleur moyen, c'est de la suivre après son travail, suggéra Amélie.

— Bonne idée ! Géniale, ma sœur !

— Ouais ! Mais… Comment faire pour ne pas qu'elle nous voie ? demanda Benjamin.

— Il suffira de ne pas se montrer ! C'est simple, non ? répondit Amélie.

— Comment faire ? demanda son frère.

— Imagine que toi, Ben, tu joues sur le trottoir, devant le magasin, au moment où elle finit de travailler. Elle passe devant toi. Tu la regardes aller pour savoir vers quelle rue elle se dirige. Alors, tu la suis.

— Ouais, mais si elle me voit la suivre, elle se doutera de quelque chose.

— Attendez ! J'ai une idée, lança Raphaël. Ma sœur et moi avons reçu un ensemble de talkies-walkies, l'été dernier. On a joué avec tout l'été. C'est comme un téléphone portable. On pourrait les utiliser pour la suivre et se donner les indications.

— Super ! approuva Benjamin.

— Parfait ! ajouta Amélie. Alors, Ben nous indique quelle rue elle emprunte. L'un de nous deux court se placer sur son chemin et avertit l'autre de son arrivée et de la rue qu'elle prend ensuite. Le premier court alors de nouveau à sa rencontre. Et on recommence ce jeu de poursuite jusqu'à ce qu'on arrive chez elle. L'un de nous trois finira bien par y arriver. Alors, on saura.

— Super génial ! conclut Benjamin. On le fait quand ?

— Attendez ! Il faut d'abord savoir à quelle heure elle finit de travailler. Qui veut se charger de trouver cette information ?

— Moi ! s'écria Benjamin.

— D'accord. Dès que tu obtiens la réponse, on attaque ! Tu fais le plus vite que tu peux, mon Ben. De toi seul dépend la suite des événements. La réunion est terminée. Pas un mot à personne, surtout. Je vous contacterai pour vous donner les renseignements utiles dès que je le pourrai. Quant à toi, Ben, tu me donneras le résultat de ta recherche en personne, pas par écrit, ni au téléphone, ni surtout par

Internet ! C'est mon père qui prend les messages. Compris ?

— Oui, chef ! répondit-il, amusé.

— C'est tout. Chacun chez soi.

C'est dans un silence complice et nerveux que les trois compères descendirent l'échelle de corde pour aller s'occuper chacun de ses affaires, comme si de rien n'était.

Chapitre 4

LA FILATURE

Vers quatorze heures, après son lunch, Benjamin entreprit de mettre son plan à exécution. Il avait pensé longuement à la façon dont il pourrait savoir l'heure à laquelle Mylène, au supermarché, finissait de travailler. Par ailleurs, il savait qu'on y vendait des bouteilles de deux litres de boisson gazeuse à prix réduit cette semaine. Il demanda à sa mère de lui donner un dollar pour aller s'en acheter. Après quelques hésitations, elle finit par accepter.

Il partit en roulant son dollar entre ses doigts, dans la poche de son coupe-vent. Une fois arrivé, il prit deux bouteilles de deux litres de boisson gazeuse. Il se rendit à la caisse où travaillait Mylène, attendit son tour dans la file, puis arriva enfin devant elle. Après avoir passé ses bouteilles au-dessus du lecteur optique, elle lui demanda 1,40 $. C'est là que son plan d'attaque entrait en jeu ! Il sortit le dollar de sa poche et, l'air piteux, lui dit :

— Je n'ai qu'un dollar. Est-ce que je peux aller chercher la différence chez moi, et revenir vous la porter plus tard ?

— Inutile, mon petit gars ! Je vais te le donner, moi, ton quarante sous ! Tiens !

Une dame âgée, trop gentille, lui tendait deux pièces de vingt cinq sous d'une main tremblante, en lui offrant son plus beau sourire. Benjamin était coincé ! Il lui fallait réagir, et vite ! La première chose qui lui vint à l'esprit fut :

— Non, Madame, laissez. Ce ne sera pas nécessaire.

— D'autant plus que tu n'auras pas le temps de revenir, je finis de travailler bientôt, ajouta Mylène, gentille.

— Ah oui ? s'exclama Benjamin, étonné.

Mais il se reprit rapidement, pour une fois, et osa demander :

— À quelle heure terminez-vous ?

— Dans une demi-heure ! À deux heures et demie.

— Dans ce cas, d'accord, Madame, je vais accepter votre quarante sous, ajouta-t-il à l'intention de la gentille dame tremblante.

Il paya, s'empara rapidement de son sac plutôt lourd et courut le plus vite possible jusqu'à la maison de Raphaël et Amélie. Il arriva tout essoufflé à la porte et sonna. C'est Amélie qui vint ouvrir.

— Que se passe-t-il, Ben ? Tu as l'air tout essoufflé ? C'est quoi, ça ? demanda-t-elle, en regardant dans son sac.

— Du *Coke* ! Venez vite, ton frère et toi. Mylène finit de travailler à 14 h 30. Nous devrons être prêts.

— Hein ? Si vite ? D'accord... Rendez-vous dans la cour. J'arrive avec lui dans cinq minutes !

Elle referma la porte en vitesse. Benjamin entendit un retentissant : RAPHAËL, VIIIITEEE !

Benjamin courut encore chez lui pour porter ses bouteilles au réfrigérateur, et revint aussitôt dans la cour arrière de ses amis. Les deux y étaient déjà, leurs talkies-walkies à la main. Dès qu'ils le virent arriver, ils lui firent signe de les accompagner sous la galerie arrière. On n'avait pas le temps de grimper dans la cabane. Dans des circonstances aussi pressantes, un léger accroc à leur protocole était permis. Assis sur des seaux de ciment préparé qui traînaient là depuis les réparations du patio de l'an dernier, et les pieds sur les restes des pavés qui avaient servi à fabriquer l'entrée du garage, ils élaborèrent leur stratégie de filature.

— Voici comment nous procéderons. Tout d'abord, je tiens à te féliciter, Ben, tu as fait vite et bien.

Raphaël se donnait le ton autoritaire et sérieux d'un vrai chef de bande.

— Ensuite, il faut surtout éviter qu'elle te voie, toi, pour ne pas que tu sois reconnu. C'est donc Amélie et moi qui effectuerons la première filature.

— Comment ça va fonctionner ? demanda Benjamin, encore tout en sueur.

— Comme ceci : Amélie va faire semblant de jouer devant le magasin vers les 14 h 30. Lorsque Mylène sortira, elle pourra lire son nom sur l'épinglette de son costume de caissière. Et puis à cette heure, il ne doit pas y avoir plusieurs employés qui finissent de travailler en même temps. Ce n'est pas comme à la fermeture du magasin. Elle la suivra des yeux pour voir vers quelle rue elle se dirigera. Puis, avec son talkie walkie, elle va nous téléphoner pour nous prévenir. Nous sauterons alors sur nos vélos et nous rendrons au coin de cette rue et de la rue transversale suivante. Tu me suis ?

— Oui, oui... La rue qui croise cette rue, dans l'autre sens ? C'est bien ça ?

— Oui. Nous l'attendrons, innocemment, en essayant de nous faire voir le moins possible. S'il advient qu'elle tourne sur une autre rue, nous enverrons le message à Amélie qui fera la même chose que nous et se rendra à l'autre intersection pour l'attendre. Et nous continuerons de cette manière jusqu'à ce que nous arrivions chez elle.

— Mais si elle habite loin ?

— Sûrement pas ! Si elle travaille dans le coin, elle ne doit pas habiter bien loin, voyons !

— Ouais… tu as raison.

— Alors, tout est prêt ? Amélie, tu as compris aussi ?

— Je ne suis pas une cruche !

— D'accord. Allons-y ! Les gars, nous touchons au but ! Nous l'aurons !

— *Yesss !* lança encore Benjamin, son poing fermé, et balançant son bras d'avant en arrière.

— Va prendre ton poste, Amélie. Nous, nous attendrons ton appel avec nos vélos.

Raphaël faisait preuve d'une belle force de décision et de fermeté. Ses directives sonnaient comme des commandements militaires et les autres lui obéissaient plus rapidement qu'aux profs de l'école !

— Mais attends, Amélie ! Vérifions d'abord si nos talkies-walkies fonctionnent bien : appelle-moi dès que tu pars. Si c'est négatif, il faudra changer les piles immédiatement.

— D'accord.

Elle s'éloigna devant la maison.

Benjamin et Raphaël sortirent eux aussi de sous la galerie. Ils se promenaient maintenant dans la cour arrière, tournaient en rond. Raphaël commençait à s'inquiéter : Amélie ne l'appelait toujours pas. Pourtant, elle avait bien compris la consigne, lui semblait-il. Il espérait ne pas avoir à changer les piles ! Ça causerait une perte de temps, et il fallait faire vite.

— Qu'est-ce qu'elle fait ? hurla-t-il doucement, pour ne pas attirer l'attention de Boutin le finfin qui pouvait bien être chez lui et les espionner.

— Ouais... Elle devrait appeler, il me semble !

Son appareil sonna. Raphaël répondit.

— Allô ? Enfin ! Qu'est ce que tu attendais ? Ah bon ! D'accord ! Parfait ! Salut !

Elle préférait attendre d'être arrivée devant le supermarché pour s'assurer qu'on l'entendrait bien de là ! Sinon, le plan n'aurait pas fonctionné.

— Ouais, pas folle, ta sœur ! Pour une fille !

— Bien entendu qu'elle n'est pas folle. Pourquoi penses-tu que je l'ai mise dans le coup ? Je savais qu'on pouvait compter sur elle. De toute façon, je n'avais pas le choix : c'est elle qui a trouvé le message sous la dalle devant l'école. Sans elle, rien de tout ceci ne nous serait arrivé. Je ne pouvais tout de même pas l'éloigner. Et c'est ma sœur en plus ! Sans compter qu'elle est très intelligente. Alors, hein ?

— Est ce que je peux venir jouer avec vous autres ?

La voix descendait, évidemment, du toit d'à côté. Boutin le finfin les regardait du haut de son toit qui dépassait la haie de thuyas. Nos deux amis furent aussi surpris de l'entendre qu'ils l'auraient été si on leur avait annoncé la fin du monde imminente. Ils figèrent sur place, ne sachant que répondre. Après un moment de silence, Raphaël lui répondit :

— Non ! Rentre dans ta chambre, toi ! On t'appellera si on a besoin de toi !

— Vous allez m'appeler ? C'est vrai ?

Raphaël et Benjamin levèrent les yeux au ciel en guise de réponse. Ils se contentèrent de regarder Boutin le finfin rentrer chez lui par la fenêtre de sa chambre, tout heureux. Mais il y parvint difficilement, car il avait précipité son geste. C'est ainsi que son fond de culotte s'accrocha à un clou du cadre supérieur de la fenêtre. Martin resta suspendu à sa fenêtre, le derrière à l'extérieur et la tête en bas, dans sa chambre, sans pouvoir se décrocher.

Ils ne voyaient de lui que les gestes désespérés qu'il faisait avec ses jambes pour essayer de se libérer en tentant d'attraper son fond de culotte. Quelques minutes de ce petit jeu lui suffirent pour commencer à pleurer et à appeler sa mère au secours. Puis, sa culotte se déchira. Les deux garçons virent ainsi apparaître les fesses toutes blanches de Martin dans l'encadrement de la fenêtre. Ce dernier se mit alors à se tortiller dans tous les sens et à gesticuler de façon tellement désesperée qu'ils l'entendirent bientôt s'écrouler sur le plancher de sa chambre dans un grand crac ! produit par le reste de sa culotte qui venait de céder. Nos deux amis éclatèrent d'un rire sonore et ravi au moment précis où le talkie-walkie sonna.

— Allô ?

Sans hésiter, ils sautèrent sur leur bicyclette et s'engagèrent dans les rues du quartier à vive allure. Ils atteignirent rapidement l'endroit annoncé. D'un coup d'œil, ils virent Mylène qui approchait, lentement, buvant une boisson aux fruits pour se désaltérer avant, probablement, de rentrer chez elle.

Les deux amis déposèrent leurs vélos au sol et s'accroupirent pour faire semblant de jouer à un jeu dans le sable et la terre, sur le trottoir. Du coin de l'œil, ils guettaient les moindres pas de la caissière. Mylène arriva à leur hauteur sans même leur jeter un regard et tourna à droite sur le grand boulevard. Aussitôt, Raphaël saisit son appareil et appela sa sœur.

— Oui, allô ? répondit celle-ci.

— Elle vient de tourner à droite, sur le boulevard. Elle se dirige vers le centre de jardin.

— D'accord. Compris. J'y suis dans quelques secondes.

Elle raccrocha.

— Ça fonctionne ! s'exclama Benjamin, tout excité.

— Pourvu que ça dure ! ajouta Raphaël, plus terre-à-terre.

Puis, les deux garçons reprirent leur vélo pour s'amuser sur place en attendant à nouveau l'appel d'Amélie. Cette dernière ne mit pas beaucoup de temps à rappeler. Si peu de temps que Raphaël fut surpris par la sonnerie de son appareil.

— Allô ? QUOI ? On arrive ! Salut.

— Qu'est-ce qui se passe ? Un problème ?

— Tout un ! Elle est partie !

— Comment ça, partie ? On l'a perdue ? Je ne comprends pas !
— Suis-moi, tu vas tout comprendre.

Raphaël entraîna son copain à vélo jusqu'à l'autre coin de rue, sur le boulevard. C'est là qu'ils trouvèrent Amélie assise à côté de son vélo, devant l'entrée du stationnement municipal. Mylène était montée dans son auto et elle était partie. Inutile de spécifier que les figures de nos amis s'allongèrent démesurément devant la triste réalité. Ils revinrent à la maison, la mort dans l'âme, en pédalant lentement et silencieusement. On aurait dit un convoi funèbre.

— Au moins, j'ai beaucoup de *Coke* ! Retournons à la maison. On va se remplir la bedaine de *Coke*, ce sera toujours ça de pris ! lança Benjamin à la compagnie, en guise de consolation.

Les trois amis passèrent donc le reste de la journée à siroter de la boisson gazeuse, écrasés dans les marches arrière du patio familial, découragés. C'est ainsi que Boutin le finfin les trouva quelques heures plus tard en regardant du haut de son toit, comme il en avait l'habitude.

— Ça ne va pas, se risqua-t-il à leur demander, comme en se moquant d'eux.

— Et toi, ton fond de culotte est-il recousu ?

C'est à ce moment précis que nos trois amis entendirent une phrase magique, qui provenait de la maison de Boutin le finfin.

— Martin ? Ne me dis pas que tu t'es encore rendu sur le toit ? Maman t'a dit combien de fois qu'elle ne voulait pas te voir monter là ? Rentre tout de suite ! Et puis va donc me chercher un beau bouquet de fleurs dans le jardin. Tu sais, les chrysanthèmes... Les fleurs préférées de maman. Vas-y, mon petit homme, maman attend.

Nos trois amis se regardèrent en silence, immobiles. Personne n'osa insinuer, ni prononcer à haute voix, ce que chacun pensait tout bas. La mère de Boutin le finfin, qui s'appelait Mylène, aimait les chrysanthèmes ! Voilà les fleurs qu'elle préférait. Se pourrait-il que... Personne n'ouvrit la bouche. Un silence étonné et lourd régnait sur le patio voisin des Boutin.

Chapitre 5

LES FLEURS

Amélie et Benjamin reçurent ce message dans les heures qui suivirent le souper.

Réunion urgente !
Demain matin 9 h
pour discuter de ce
qu'il faut faire
maintenant

C'est pourquoi ils étaient tous assis au centre de la cabane, de si bonne heure, en ce dimanche matin. Ils ont évalué le pour et le contre, et compris l'impossibilité que la Mylène du supermarché soit la bonne. Si le trésor était caché dans la région immédiate, il n'aurait servi à rien de les emmener si loin pour le trouver. Ils ont reconnu que la boîte trouvée par Amélie sous la dalle branlante de l'école ne devait pas y être enfouie depuis très longtemps puisqu'elle n'était même pas rouillée ou pourrie. Donc, ce trésor était enfoui tout près et depuis fort peu de temps. Ils restaient assis en silence, songeurs et déçus. C'est alors qu'Amélie leur proposa :

— Et si la mère de Boutin le finfin était LA Mylène du message secret ? Et si les chrysanthèmes de son jardin étaient les fleurs que nous devions trouver ? Et si le trésor était caché à quelque cent mètres de nous, en ce moment ? Vous ne pensez pas que l'on devrait proposer à Boutin le finfin de se joindre à nous ? On pourrait tout aussi bien partager le trésor à quatre plutôt qu'à trois. Ce n'est pas grave, ça.

— Jamais de la vie ! s'exclama aussitôt Raphaël. Je ne veux pas le voir dans ma cour, lui !

— Ouais. Il est tellement finfin. Il n'arrêterait pas de nous narguer avec ses remarques et ses commentaires sur tout et sur rien ! ajouta Benjamin.

— Vous n'êtes pas très gentils avec lui. Moi, je suis certaine qu'il pourrait nous être bien utile, si nous ne le traitions pas comme ça.

Amélie se sentait un peu coupable face à lui et n'aimait pas l'attitude des garçons.

— Ce n'est pas méchant, ça, de tout savoir. En tout cas, moi, je trouve ça mieux que de ne rien savoir du tout.

— D'accord, la sœur. Ça suffit. Justement, tu me fais penser à quelque chose. Si tu le trouves si fin que ça notre finfin de voisin, pourquoi ne serait-ce pas toi qu'on choisirait pour découvrir où sont les chrysanthèmes de madame Boutin ? Hein ?

— Ouais ! approuva Benjamin. Et puis, sais-tu ce que c'est, des crises en thèmes, toi ?

— Je crois bien que oui. Ce sont de toutes petites fleurs rouges, pas plus hautes que ça.

Amélie indiquait la hauteur de sa cheville gauche, de sa main droite.

— Alors, pas besoin de lui ! Nous l'avons, notre réponse ! Attendez. Je vérifie de l'autre côté, dans leur cour.

Raphaël colla son œil à une fente entre les planches de bois de la cabane et commença à examiner le terrain des Boutin, de l'autre côté de la haie. Il se tortillait et empruntait des poses bizarres, qui amusaient bien les deux autres, pour tenter de voir dans tous les recoins du jardin des Boutin. Inutile ! La plus grande partie restait cachée. La cabane était trop éloignée de la limite du terrain pour lui permettre de voir partout. Il ne pouvait apercevoir que l'extrémité opposée du jardin. Et à cet endroit, aucune petite fleur rouge en vue.

— Ça ne sert à rien, avoua-t-il finalement. On ne voit presque rien d'ici. Il va falloir envoyer un espion. Une espionne, même, je crois ! dit-il en regardant sa sœur avec insistance.

— Ça ne me fait rien, moi. Je vais y aller. Je ne le trouve pas si teigne que ça, moi, Martin !

— Hé, hé ! Martin, maintenant ? Eh, la sœur, il me semblait que tu ne le trouvais pas si fin que ça encore la semaine dernière, toi !

— Oui, mais on a le droit de changer d'idée dans la vie, non ?

— Ouais, approuva, comme toujours, Benjamin.

— Écoute, Amélie, je te laisse te débrouiller, mais il faut que tu découvres où sont les chrysanthèmes de madame Boutin avant ce soir ! Compris ?

Raphaël devenait exigeant. Il était agacé par l'idée de devoir demander l'aide de Boutin le finfin pour arriver à trouver son trésor.

— Ouais : avant ce soir ! rajouta Benjamin, imitant Raphaël.

— D'accord. Je vais le savoir. Mais je ne sais pas si je vais vous le dire, par contre. Si vous continuez à me traiter comme ça, il se pourrait bien que je change d'avis et que je le garde pour moi toute seule.

— Ça va, excuse-nous. On ne le fera plus ! N'est-ce pas, Benjamin ? ajouta son frère.
— Ouais, on ne le fera plus. Juré !

— Attendez-moi ici. Je reviendrai dans environ dix minutes avec votre réponse.

Amélie se leva et descendit de la cabane lentement, avec l'assurance de celle qui sait quoi faire, et comment le faire.

Aussitôt partie, les deux gars descendirent à leur tour pour se rendre dans la maison, devant l'écran de l'ordinateur de Raphaël, afin de vérifier à quoi pouvait bien ressembler des « crise en t'aime ». Ils constatèrent très rapidement que la fleur décrite par Amélie ne ressemblait en rien à un chrysanthème, et ils en avaient la preuve ! Ils imprimèrent la page pour la lui mettre sous les yeux dès qu'elle serait revenue. Ils ne manqueraient pas de la confronter à son ignorance. Elle aimait bien Boutin le finfin, qui savait tout ? Elle aimerait aussi bien son frère qui savait maintenant tout sur les chrysanthèmes.

Pendant ce temps, Amélie était allée sonner à la porte des Boutin. Lorsque Martin vint ouvrir, elle lui dit immédiatement :

— Je viens de la part du groupe. Nous avons décidé que tu pourrais venir jouer avec nous.

— Wow ! Quelle bonne nouvelle ! Je suis tellement content que, si vous m'acceptez, je suis prêt à ne jamais dire ce que je sais et à ne pas vous fatiguer avec mes connaissances. Je vous laisserai vous débrouiller seuls, d'accord ?

— Heu… C'est-à-dire que… Je ne sais pas trop. Mais, ça va.

En disant cela, Amélie cherchait du regard le bouquet de fleurs que sa mère lui avait demandé de cueillir, hier. Malheureusement, elle ne voyait de petites fleurs rouges nulle part dans le salon des Boutin.

— Dis moi, Martin, les chrysanthèmes que ta mère aime tant, il n'y en a pas dans la maison ?

— Martin éclata d'un rire bruyant, si vigoureux qu'il s'en étouffait. Il riait, plié en deux.

— Qu'est-ce qui te prend ? J'ai dit quelque chose de drôle ? Pourquoi ris-tu comme ça ?

— Ouiiiii ! Hihihihihihihi ! Tu as dit quelque chose de drôle ! Hihihihihihi !

— Si tu ris de moi, je m'en vais, alors. Salut ! Tu t'en trouveras d'autres amis pour jouer.

— Ne te fâche pas. C'est seulement que je viens de commencer à ne pas faire le finfin ! Je trouve ça très amusant de ne pas faire le finfin et de te voir te ridiculiser comme ça.

— Qu'est-ce que tu veux dire, Martin ? Je n'ai pas que ça à faire, moi, aujourd'hui, faire rire de moi.

— C'est que j'ai promis de ne pas dire ce que je sais. Alors, je ne dis rien.

— Ah !!! Martin ! arrête de faire ton fin-fin. Dis-moi plutôt pourquoi tu ris.

— D'accord, mais promets-moi de ne pas te fâcher

— Promis, lança-t-elle en tapant du pied, impatiente.

— Tu ne le sais pas, mais tu es complètement entourée de chrysanthèmes.

— Ça ? Ce sont des chrysanthèmes ?

Elle montrait la tapisserie dans le portique de la maison des Boutin !

— Ouiiiii ! Hihihiiii !... continua Martin.

Puis, se dirigeant dans le salon, il continua à rire en désignant le gros vase débordant de fleurs roses sur une table basse.

— Ça aussi ! Ça aussi ! En montrant la tapisserie du salon.

— Hihihhii ! Viens voir.

Il lui fit signe de le suivre dans la maison. Il l'emmena dans la salle de bains.

— Ici aussi, partout, ce sont des chrysanthèmes. La tapisserie, les serviettes, le tapis de bain, TOUT ! Des chrysanthèmes partout ! Hihhihihi ! Tu ne savais pas ce que c'était, hein, des chrysanthèmes ? Tu viens de me faire rire un bon coup. Finalement, je pense que je vais bien aimer ça, moi, ne rien dire à personne. Ça promet d'être bien amusant.

Amélie ne pouvait faire autrement que de rire un bon coup avec Martin. La maison au complet, chez les Boutin, était tapissée de chrysanthèmes roses, blancs, violets, partout, partout, partout ! Même dans la cuisine, il y avait une nappe, sur la table, complètement imprimée de chrysanthèmes. Les serviettes de cuisine aussi, les rideaux des fenêtres, tout avait été « chrysanthèmisé » ! Hihihihi ! Hohoho ! Les deux nouveaux amis riaient

à s'en fendre les côtes. Ils en avaient mal au ventre à rire de la sorte. Au bout d'un moment, Amélie reprit ses esprits et pensa lui poser la question la plus importante :

— Je suppose que ta mère a dû en planter aussi beaucoup dans le jardin ?

— Alors là, non ! Seulement quelques plants, qui forment une masse dans le jardin.

— Une masse… ? Comme un outil ?

— Non ! Un tas, un paquet, un groupe, une masse : un massif, en réalité !

— Je veux les voir ! Les vraies doivent être tellement plus belles que celles de la tapisserie ! lui dit-elle dans le but évident de découvrir l'endroit où ils étaient plantés, ces fameux chrysanthèmes de malheur.

— Viens, je vais te les montrer.

Il l'entraîna dehors, dans le jardin. Tel que deviné, ils avaient été plantés dans le coin le plus rapproché de la haie de thuyas. C'est pour cette raison que son frère n'aurait jamais pu les apercevoir de la cabane, même s'il avait su les reconnaître.

— Les voici. Ils ne seront complètement en fleurs que dans quelques jours. Tu vois, il y en a encore qui sont en boutons présentement. Ils vont tous éclore très bientôt. Ce sont des fleurs d'automne. Elles aiment le temps frais. L'automne, c'est leur saison préférée.

— Ah bon... Je vois. Écoute, Martin, il va falloir que je retourne chez moi. Je te remercie pour la petite visite. Je me suis bien amusée. Je te ferai signe. Salut !

Avant que Martin n'ait eu le temps de répondre, elle avait emprunté le passage étroit entre la maison et la haie pour se retrouver sur le trottoir, en route vers chez elle, possédant enfin la réponse tant espérée.

En entrant dans la maison et en voyant les deux garçons affalés sur le canapé du salon, des feuilles en main où elle reconnaissait des chrysanthèmes, elle comprit ce qu'ils avaient fait pendant son absence. Elle leur raconta donc son erreur et la manière dont elle fut corrigée par Martin, avec tellement de rires et de maux de ventre. Par-dessus tout, elle leur révéla l'emplacement exact de la *talle* de chrysanthèmes. Il ne leur restait donc plus qu'à choisir le jour et l'heure où l'on déterrerait le trésor, si trésor il y avait ! Ils convinrent donc de se rencontrer à nouveau dans la cabane, après le dîner, afin d'élaborer une stratégie.

Chapitre 6

LE CADAVRE

— Moi, je crois qu'il vaut mieux attendre l'obscurité. Ainsi, on sera certains de ne pas se faire voir, suggéra Raphaël.

— N'oublions pas que Boutin le finfin peut sortir sur son toit à tout moment et nous surprendre. Je pense qu'il vaut mieux attendre qu'il dorme. Donc, au moins plus tard que neuf heures du soir, ajouta Benjamin.

— Voyons, les gars ! Moi, je propose au contraire d'y aller en plein jour. Le matin, très tôt. Ainsi, je suis certaine que tout le monde dormira encore. De plus, on verra très bien pour creuser, proposa Amélie.

— Non, non, non. Moi, j'opte pour le soir, quand il fait noir, insista Raphaël. C'est toujours le soir qu'on fait ces choses-là, vous le savez bien.

— Ouais... le soir. Je suis d'accord, approuva Benjamin.

— Bon, d'accord, le soir, concéda Amélie. Mais ce n'est pas moi qui creuserai ; vous , les gars, vous êtes forts, c'est vous autres qui allez le faire .

— D'accord, pas de prob ! Toi, tu sors le squelette du cadavre, alors ? suggéra son frère.

— Ouache ! NON ! Une fille, ça ne fait pas des choses semblables. Moi, je vais seulement vous regarder faire. Déjà que ça me fait peur, les squelettes !

— Moi, ça ne me gêne pas, lança Benjamin. Avez-vous déjà vu un squelette mordre quelqu'un, vous ? Un mort, c'est mort. Ça ne grouille plus. Moi, je n'ai pas peur. Je vais vous le déterrer, votre squelette d'Halloween en plastique.

Il se gonflait la poitrine d'assurance, comme un jeune coq.

— Bon ! Alors quand ? demanda Raphaël.

— Quand tu veux ! répondit aussitôt Benjamin.

— Moi, je vous suis, ajouta Amélie.

— Alors, je décide, ce soir ! C'est ce soir qu'on fait le coup !

Raphaël venait de décider d'un ton si ferme que la discussion semblait inutile. Ce serait ce soir, un point c'est tout.

— Et si on ne trouvait rien ? demanda, inquiète, Amélie. Si on s'était encore trompé de Mylène, de maison ?

— Dans un cas pareil, on replacerait tout et on continuerait nos recherches. On n'aurait pas le choix.

— Pourvu qu'on soit à la bonne place !

— Rendez-vous donc, ce soir, à 21 h ici, sous la cabane. On partira ensuite en silence vers l'autre côté de la haie. Amélie, tu apporteras ton sac d'école pour y mettre le coffre au trésor. Toi, Ben, une petite pelle à jardin.

— C'est quoi, ça ?

— Une toute petite pelle de vingt centimètres de long, seulement pour déterrer des fleurs. Tu en as, chez toi, j'en suis certain !

— Ah oui ! Je sais ce que c'est. D'accord.

— Moi, j'apporterai une lampe de poche. Mais il ne faudra s'en servir qu'en dernier recours, si les choses tournent mal et que l'on doit déguerpir. Autrement, on va essayer de tout faire ça dans le noir. D'accord, les gars ?

— Hum ! Hum ! toussota Amélie.

— C'est d'accord, vous deux ?

— La réponse fut unanime, oui.

Le reste de la journée se déroula sans trop d'inquiétude. Amélie, de son côté, décida de faire une sieste afin d'être en pleine forme le soir venu. L'idée de déterrer un cadavre ne lui souriait pas du tout. Les garçons passèrent leur après-midi à jouer à des jeux vidéo, à grignoter des cochonneries et à boire du *Coke*. L'appétit ne leur vint pas naturellement, à l'heure du souper. Chacun mangea légèrement, un peu nerveux. Puis, vint l'heure fatidique, 21 h.

Les trois amis se réunirent sous la cabane, dans l'obscurité du fond de la cour, éclairés seulement par la faible lumière de la lune de septembre. La soirée était assez douce, heureusement. Ce qui laisse deviner que le léger tremblement de leurs mains n'était pas causé par le temps froid, mais bien par une nervosité très légitime. Sans dire un mot, Raphaël fit un mouvement énergique de la main qui signifiait clairement « Suivez-moi ». Il longea la haie jusque sur le trottoir, la contourna, et la longea de nouveau, du côté des Boutin, pour se rendre jusqu'au fond de leur cour.

Une fois arrivés, les trois amis s'accroupirent pour souffler quelques instants. Pas un bruit. Seulement le miaulement d'un chat au loin. On entendait aussi des bruits de vaisselle provenant de la maison des Boutin. Ils mangeaient encore, à cette heure ? Étrange ! C'est alors que la lumière extérieure du patio s'alluma subitement, en même temps que s'ouvrit la porte arrière de la maison. Monsieur Boutin sortit, un sac à poubelle à la main, et se dirigea vers eux. Les trois amis se serrèrent les uns contre les autres, en silence. Monsieur Boutin tourna aussitôt vers la gauche pour aller déposer le sac dans la grosse poubelle de plastique sur roues, rangée à l'arrière de la maison, avant de revenir sur ses pas et de rentrer en refermant la porte. Ouf ! Ils l'avaient échappé belle.

La lumière du patio s'éteignit. Seules les lumières de surveillance, sous les rebords de la toiture, et la lune, éclairaient maintenant faiblement le fond du jardin.

— On commence, souffla discrètement Raphaël, à l'intention de Ben.

— Vas-y avec ta pelle de jardin.

— Ouais, confirma ce dernier.

Il commença à creuser le sol, au pied des chrysanthèmes que la lumière de la lune rendait bleu marine. Son travail silencieux dura une bonne quinzaine de minutes. Rien ne semblait avoir été enfoui là. Raphaël et sa sœur commençaient à se poser des questions et à penser qu'il s'agissait d'une autre belle erreur de leur part, lorsqu'ils entendirent :

— J'ai touché quelque chose ! Je continue ?

— Bien oui ! insista Raphaël. Continue, voyons !

— Ouais... Je continue.

Pas plus de trois minutes plus tard, il ajouta :

— J'ai trouvé quelque chose ! On dirait... Oui... C'est bien ça ! Ce sont des os !

— DES OS ? demanda Amélie, tout bas, mais complètement énervée.

— Oui. Ce sont des os, mais des petits os. On dirait même… Attendez ! Raphaël, tu pourrais me prêter ta lampe de poche ?

— Fais attention. Cache-toi, si tu dois l'allumer. Il ne faut pas qu'on nous voie ici !

— Ouais... Je sais.

Benjamin se tourna donc dos à la maison et face à ses amis, avant d'allumer la lampe de poche dans son coupe-vent, où il venait d'enfouir les os qu'il avait trouvés.

— Regardez ! C'est des vrais os !

— Ouiiii ! dit Amélie, en retenant un petit cri intérieur de panique.

— Mais... Mais... Ils sont bien petits, tes os, mon Ben ! Ce ne sont pas les os de quelqu'un, ça !

— Ouais... Peut-être des os de doigts ? Des petits os comme ceux-là ! proposa-t-il en montrant un doigt.

— Attends. Continue à creuser pour voir si tu n'en trouverais pas d'autres.

Benjamin continua son travail et finit, en effet, par déterrer une quantité assez importante de petits os. Des os si petits qu'on avait peine à croire à un cadavre. Du moins, un vrai cadavre, d'homme ou de femme. Un cadavre humain, quoi !

— On dirait un petit oiseau ! lança Amélie, un peu rassurée par la petitesse de ces os.

— Tu as raison, ma sœur. Regarde !

Raphaël s'était emparé de la lampe de poche et éclairait maintenant ouvertement l'ensemble des os qui jonchaient le sol devant eux.

— Ça ne vous fait pas penser à quelque chose, ces os-là, vous ? Tu disais, un oiseau, ma sœur ? Tu avais raison, ce sont les os d'un poulet barbecue. C'est du poulet ! Notre cadavre est celui d'un poulet ! Non, mais des fois !...

— Un poulet ? Pourquoi, un poulet ? demanda Amélie.

— Ouais... Pourquoi ? Hein ?

— Je ne le sais pas, mais... Si le message secret disait vrai pour le cadavre de poulet, d'accord ! Peut-être disait-il vrai aussi pour le trésor enfoui ? On continue ! ordonna Raphaël que la nervosité gagnait.

— Ouais... Je continue !

Et Benjamin recommença ses fouilles. Les pauvres chrysanthèmes de madame Boutin souffraient de cette intervention, mais il fallait ce qu'il fallait, à la guerre comme à la guerre !

— J'ai touché quelque chose ! souffla Benjamin.

— Quoi ? Quoi ? demandèrent les deux autres, en chœur.

— C'est en métal ! Ça sonne comme du métal !

— Vite ! Vite !

— Je l'ai ! C'est une petite boîte métallique.

— Montre-moi ! ordonna Amélie, cette fois. Elle est en tous points semblable à celle que j'ai trouvée sous la dalle de l'école !

— Vite ! Foutons le camp ! Tout le monde à la maison. Sans bruit !

Les trois chasseurs de trésor se suivirent, anxieux, l'un derrière l'autre, le long de la haie. Arrivés sur le trottoir, ils coururent le plus vite qu'ils le purent vers chez eux. Dans la hâte de leur aventure, nos trois amis n'avaient pas remarqué la petite lueur à la fenêtre de Martin, dans le pignon qui surmontait le toit de la maison des Boutin.

Chapitre 7

LE TRÉSOR

Rentrés à toute vitesse, Amélie et Raphaël durent jurer à leur mère qu'ils n'en auraient que pour cinq minutes dans leur chambre, à discuter avec Benjamin. Après quoi ce dernier retournerait chez lui laver ses mains noircies par la terre, et eux aussi sauteraient dans le bain. Ils dirent aussi à leur mère qu'ils savaient avoir de l'école le lendemain. Ils lui promirent de ne pas prendre plus de cinq minutes !

Assis par terre, en cercle, autour de la mystérieuse boîte métallique, nos trois amis devaient choisir la personne qui allait avoir l'honneur de l'ouvrir et de partager son contenu. Ils s'entendirent de la manière suivante : Benjamin allait l'ouvrir, Raphaël en sortir le contenu et Amélie ferait le partage. Benjamin saisit donc la boîte dans ses mains tremblantes. Le couvercle refusa d'abord de céder, mais finit tout de même par s'ouvrir. Il déposa la boîte au sol. On pouvait déjà voir qu'elle contenait une enveloppe repliée sur elle-même. Raphaël approcha sa main et la sortit lentement. Elle était légère. Un peu comme celle qu'on reçoit de l'école, en début d'année, et qui contient la liste des fournitures scolaires à se procurer. Une enveloppe brune, scellée. Il la tendit à Amélie. Celle-ci l'ouvrit, regarda à l'intérieur. Elle releva la tête et, regardant ses amis, dit :

— On dirait que c'est une lettre…

— Une lettre ? demanda son frère.

— Oui, une lettre. Qu'est-ce que je fais ? Je la lis ?

— Ouais... Tu nous la lis, répondit Benjamin.

Amélie sortit la feuille de papier dactylographiée et entama sa lecture.

Bravo ! Vous avez trouvé le trésor. Oui, ceci est un trésor. Celui qui vous écrit ces lignes est quelqu'un que vous connaissez bien. Quelqu'un que vous traitez très mal, par contre.

Puisque mon souhait le plus cher est de devenir votre ami, je vous écris cette lettre pour essayer de vous convaincre que je pourrais vous en faire un excellent. Oui, je sais, je suis tannant, quelquefois, à toujours vouloir vous expliquer ce que je sais. Plusieurs autres me l'ont dit aussi. J'en dérange beaucoup à l'école. Même des professeurs ! Par contre, sans moi et mes idées, mes folies et mes connaissances, vous n'auriez jamais passé un si agréable week-end que celui que vous venez de vivre, à chercher le trésor que j'avais préparé pour vous (le mot « week end » est français ! C'est « fin de semaine » qui ne l'est pas ! Excusez-moi. Je ne vous fatiguerai plus avec mes connaissances, promis !).

Vous voyez ? Je pourrais vous inventer des tonnes de jeux comme celui-ci. Tout l'été prochain, si vous voulez. Si vous m'acceptez parmi vous, je vous fais la promesse solennelle de ne plus vous énerver avec ce que je sais. D'accord ? Si vous m'acceptez, ce sera le trésor que je vous offre.

Martin Boutin

Les trois amis restèrent figés au milieu de la chambre. Personne n'osait rompre le silence. C'est la voix de la mère d'Amélie qui le fit.

— Vos cinq minutes sont écoulées ! C'est fini ! Rentre chez toi, Benjamin ! Vous deux, votre bain !

— Oui, oui, maman ! répondit Raphaël, les yeux dans le vide.

— Ouais... ajouta Benjamin, la mine triste. C'est vrai, au fond, qu'on y a vraiment cru et qu'on a eu bien du plaisir à le chercher, son fameux trésor !

— Moi, je serais d'accord pour l'intégrer à notre groupe ! Il est tout de même gentil, et pas méchant pour deux sous.

Amélie parlait du fond de son cœur.

— D'accord. Mais s'il recommence avec ses explications à n'en plus finir, moi, je l'expulse !

— Je lui annoncerai la bonne nouvelle demain, à l'école.

Amélie était radieuse et son sourire en disait long sur la joie qu'elle éprouvait, en ce moment, à l'idée de se faire un nouvel ami.

Leur nuit fut remplie de rêves heureux et de cette joie qu'apportent l'amitié et la paix. Ils venaient de découvrir un véritable trésor : n'importe qui, n'importe quand peut devenir notre ami si nous savons lui ouvrir notre cœur. Il suffit d'un peu de tolérance et de bonne volonté.

TABLE DES MATIÈRES

Des livres pour toi
aux Éditions de la Paix Inc.

127, rue Lussier
Saint-Alphonse-de-Granby, Qc J0E 2A0
Téléphone et télécopieur (450) 375-4765
info@editpaix.qc.ca
www.editpaix.qc.caCollection

DÈS 9 ANS

Jean Béland
  Le Triangle des bermudas -
    Prix Excellence
  Un des secrets du fort Chambly
  Adieu, Limonade !
Réjean Lavoie
  Des Légumes pour Frank Einstein
  Chauve-souris sur le Net
  Clonage-choc
Viateur Lefrançois
  Coureurs des bois à Clark City (tome I)
  Les Facteurs volants (tome II)
  Tohu-bohu dans la ville (tome III)
  Dans la fosse du serpent à deux têtes
    Sélection de Communication jeunesse
Jean-Pierre Guillet
  La puce co(s)mique et le rayon bleuge

Gilles Côtes
OGM et « chant » de maïs
Le Violon dingue
Sorcier aux trousses
Libérez les fantômes
Sélection de Communication jeunesse
Marie-Paule Villeneuve
Qui a enlevé Polka ?
Jocelyne Ouellet
Mon Ami, mon double
Mat et le fantôme
Julien César
Claudine Dugué
Le Petit Train de nuit
Mylen Greer
La Maison de Méphisto
Danielle Boulianne
Babalou et la pyramide du pharaon
Francine Bélair
SOS porc-épic
Les Dents d'Akéla
Sélection de Communication jeunesse
Jacinthe Lemay
Le trop petit sapin
Claudette Picard
L'Enfant-ballon
Claire Mallet
Un Squelette mal dans sa peau

Francis Chalifour
  Zoom Papaye
Danielle Simd
  La Prophétie d'Orion
Carole Melançon
  Sacrée Bougie !
Monik Pouilloux
  Le Galet magique
Manon Plouffe
  Clara se fait les dents
Manon Boudreau
  La Famille Calicou
  Le Magicien à la gomme
Maryse Robillard
  Chouchou plein de poux
Rita Amabili Rivet
  Voyage sur Angélica
Josée Ouimet
  Passeport pour l'an 2000
Jean-Marie Gignac
  La Fiole des Zarondis
Isabel Vaillancourt
  L'Été de tous les maux
Louis Desmarais
  Tempêtes sur Atadia
  Tommy Laventurier
  Le Bateau hanté
  Indiana Tommy

L'Étrange Amie de Julie
Sélection de Communication Jeunesse

Collection Pierre de Rosette (trilingue)
Fabienne Caron
Les Bobos de Ludo

Collection À CHEVAL !
Marie-France Desrochers
Petite Brute et grand truand
La Caverne de l'ours mal léché
Sélection de Communciation Jeunesse
Le Plan V...
Sélection de Communication Jeunesse

Collection PETITE ÉCOLE AMUSANTE
Charles-É. Jean
Question de rire, 140 petites énigmes
Remue-méninges
Drôles d'énigmes
Robert Larin
Petits Problèmes amusants
Virginie Millière
Les Recettes de ma GRAM-MAIRE

Collection JEUNE PLUME

Hélène Desgranges

Choisir la vie

Collection RÊVES À CONTER

Rollande Saint-Onge

Petites Histoires peut-être vraies (T. I)

Petites Histoires peut-être vraies (T. II)

Petits Contes espiègles

Ces trois derniers titres ont leur guide d'animation pour les adultes

André Cailloux

Les Contes de ma grenouille

Diane Pelletier

Murmures dans les bois